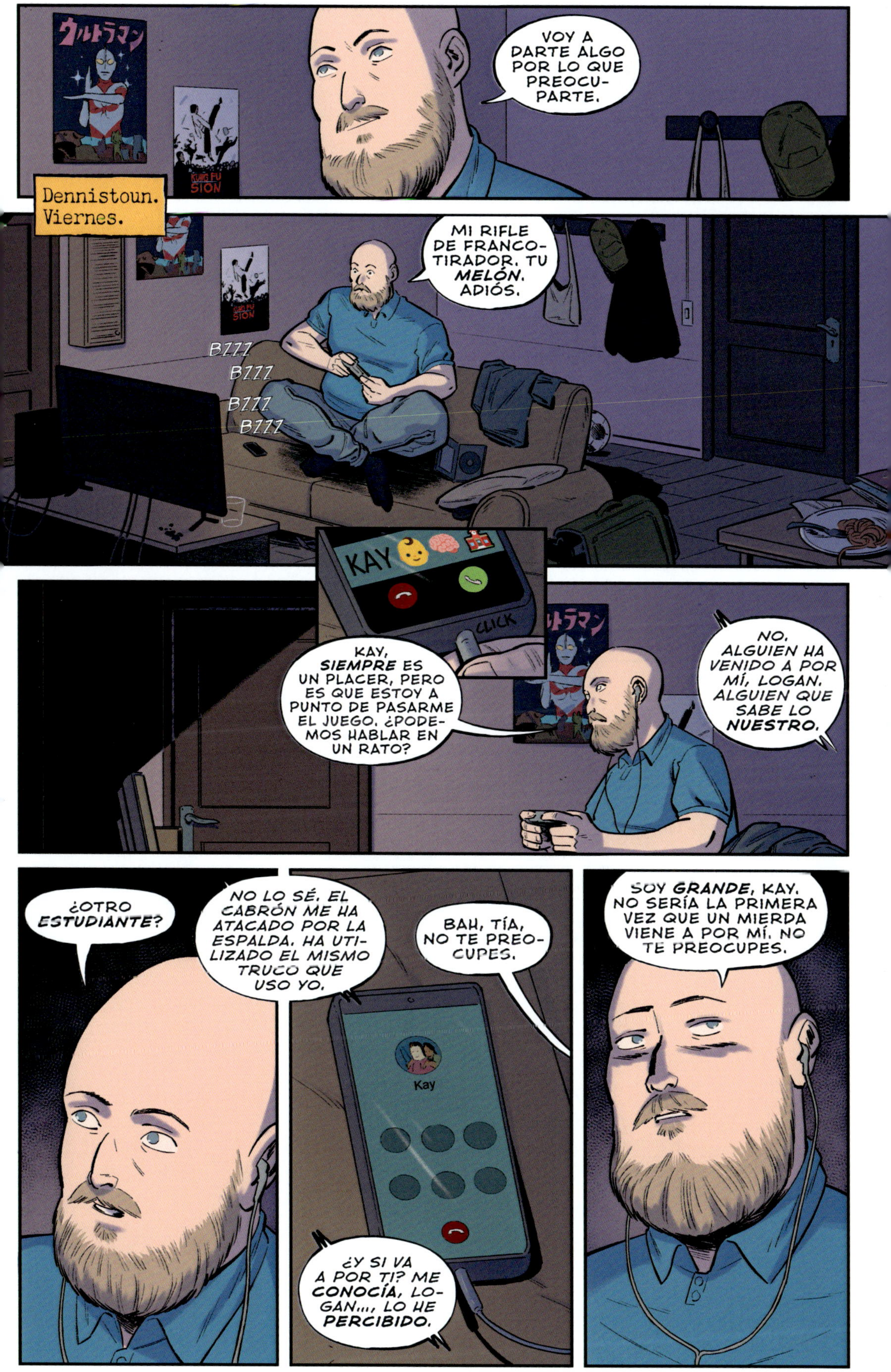

VOY A DARTE ALGO POR LO QUE PREOCUPARTE.

Dennistoun.
Viernes.

MI RIFLE DE FRANCOTIRADOR. TU MELÓN. ADIÓS.

BZZZ
BZZZ
BZZZ
BZZZ

KAY

CLICK

KAY, *SIEMPRE ES UN PLACER*, PERO ES QUE ESTOY A PUNTO DE PASARME EL JUEGO. ¿PODEMOS HABLAR EN UN RATO?

NO, ALGUIEN HA VENIDO A POR MÍ, LOGAN. ALGUIEN QUE SABE LO *NUESTRO*.

¿OTRO *ESTUDIANTE*?

NO LO SÉ. EL CABRÓN ME HA ATACADO POR LA ESPALDA. HA UTILIZADO EL MISMO TRUCO QUE USO YO.

BAH, TÍA, NO TE PREOCUPES.

Kay

¿Y SI VA A POR TI? ME *CONOCÍA*, LOGAN..., LO HE *PERCIBIDO*.

SOY *GRANDE*, KAY. NO SERÍA LA PRIMERA VEZ QUE UN MIERDA VIENE A POR MÍ. NO TE PREOCUPES.

Clydebank.
Lunes.

CARNÉ, POR FAVOR.

¡VENGA YA! ¿DE VERDAD TE PARECE QUE NO TENGO LOS DIECIOCHO?

SÍ, ESTOY LLEGANDO AL APARTAMENTO DE KAY ANDERSON. ELLA ES LA ÚNICA QUE NOS HA SALIDO EN LA BIE*. ESPERO QUE LE APETEZCA HABLAR.

¿HAS ENCONTRADO TÚ ALGO?

SÍ, ESTO ES MÁS GORDO DE LO QUE PENSÁBAMOS. HEMOS INVESTIGADO...

*BASE DE INTELIGENCIA ESCOCESA.

ESPERA UN MOMENTO, DEBS, COMO SI TUVIERAS GANAS DE TIRARTE UN PEDO EN UN FUNERAL..., QUE CREO QUE LA VEO.

DE ACUERDO, YA TE LO CONTARÉ CUANDO VUELVAS. NO TARDES.

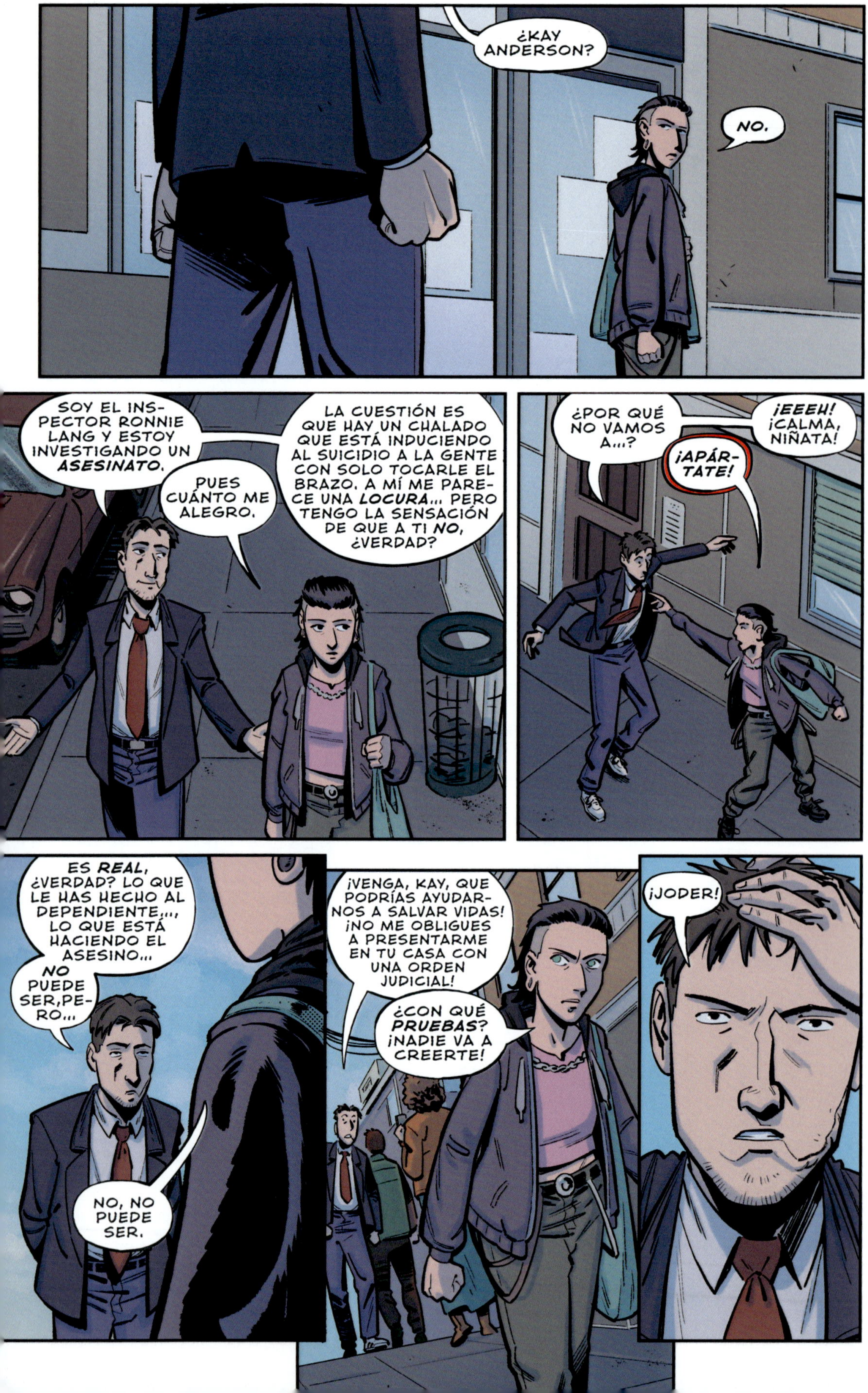

VOY A DARTE UN CONSEJO, RONNIE, DE UNA PERSONA DE FUERA QUE CONSIGUIÓ METERSE EN HOMICIDIOS CON SANGRE, SUDOR Y LÁGRIMAS A OTRA.

SIGUE LA *LÓGICA*, MANTÉN CONTENTO AL JEFE, A OSO McCULLOCH, ¡Y LISTO!

GRACIAS.

¿TE ACUERDAS DE KIRSTY JORDAN, LA SEGUNDA VÍCTIMA? LA QUE TENÍA TODAS AQUELLAS *ARMAS*.

CÓMO OLVIDARLA.

PUES LOS DE LA POLICÍA CIENTÍFICA HAN VUELTO A INVESTIGAR LA CASA DE LA PRIMERA VÍCTIMA Y HAN ENCONTRADO UN COMPARTIMENTO SECRETO DETRÁS DE LA LIBRERÍA DEL ESTUDIO.

ERA UN ASESINO... COMO KIRSTY.

Y DE LOS *BUENOS.* LOS DE BALÍSTICA HAN RELACIONADO ESTE RIFLE CON UNA BALA QUE MATÓ A UN MPE* EN EDIMBURGO HACE DOS AÑOS. Y PUEDE QUE HAYA MÁS. TIENE EL PASAPORTE QUE NO LE CABE UN SELLO, COMO KIRSTY.

LOS DEL LABORATORIO HAN ANALIZADO RESTOS DE SANGRE EN UNO DE LOS CUCHILLOS DE ELLA Y EL ADN COINCIDE CON EL DE UN DIPLOMÁTICO DE ORIENTE MEDIO AL QUE ASESINA-RON EN MERCHANT CITY.

ADEMÁS, TANTO ALEX COMO KIRSTY TIENEN *MILLONES* EN EL BANCO, IMPOSI-BLES DE RASTREAR, CLARO.

*MIEMBRO DEL PARLAMENTO ESCOCÉS.

ASESINOS... EL DE LA GO-RRA ROJA ESTÁ *MATANDO* ASESINOS.

DIME, ¿QUÉ HACEMOS A CONTINUA-CIÓN?

SEGU-RO.

SEGURO QUE ESTOS NO SON LOS ÚNICOS ATAQUES DEL DE LA GORRA ROJA. SEGURO QUE HA HABIDO ASESINATOS SIMILARES ANTES DEL PIJO Y DE LA MUJER FATAL.

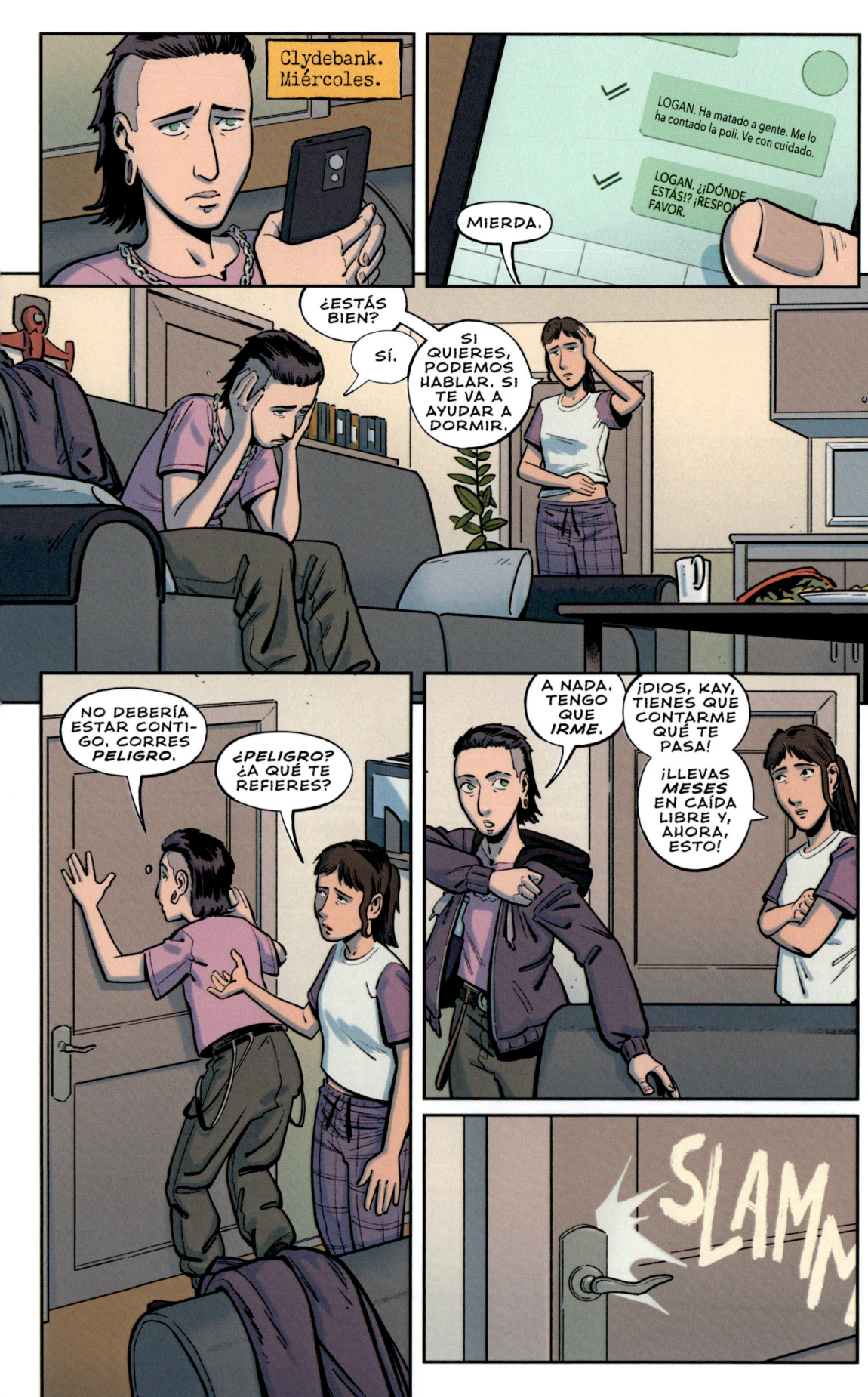

Dennistoun.
Miércoles.

¡VENGA!

MIERDA.

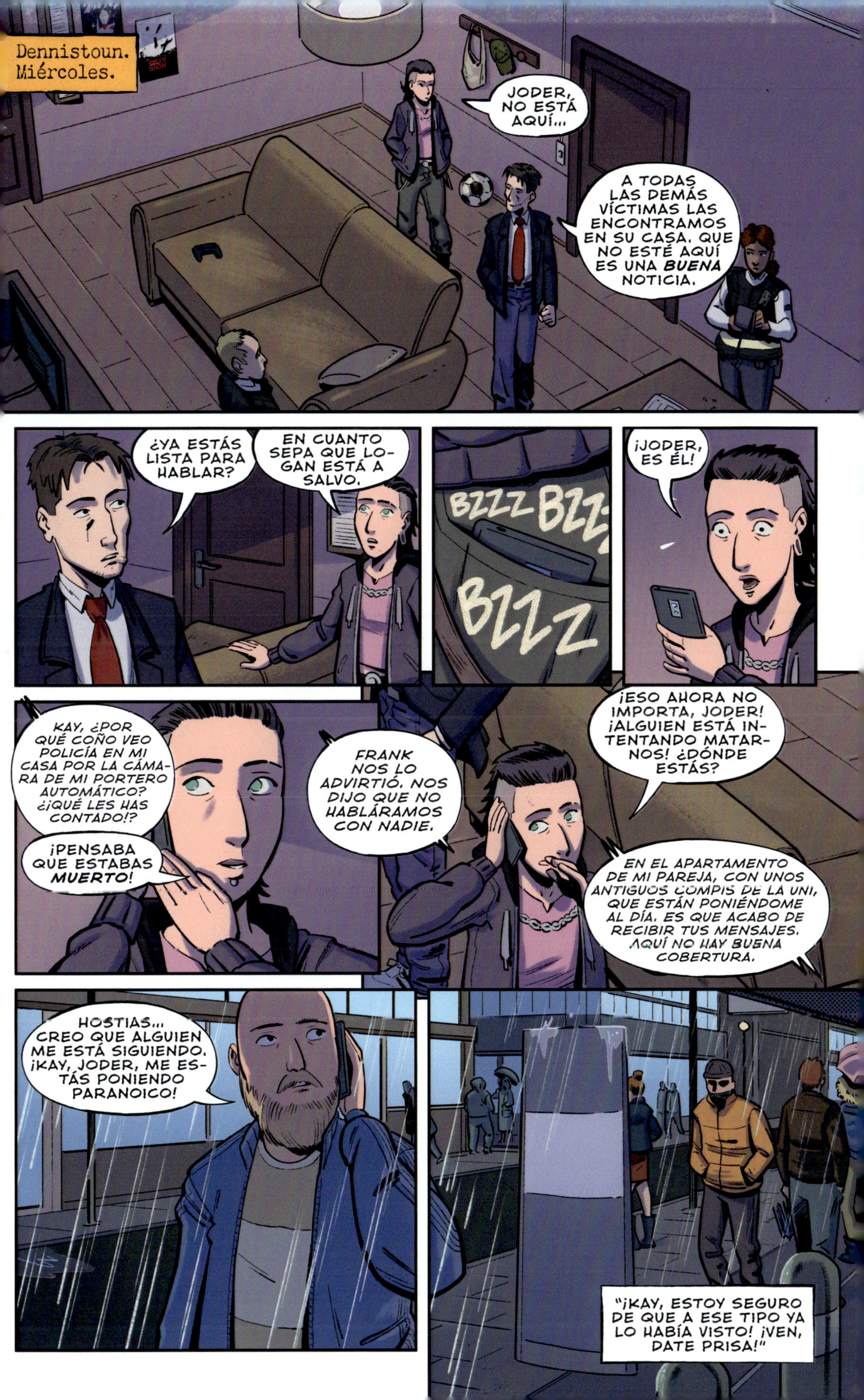

JODER, NO ESTÁ AQUÍ...

A TODAS LAS DEMÁS VÍCTIMAS LAS ENCONTRAMOS EN SU CASA. QUE NO ESTÉ AQUÍ ES UNA *BUENA* NOTICIA.

¿YA ESTÁS LISTA PARA HABLAR?

EN CUANTO SEPA QUE LOGAN ESTÁ A SALVO.

BZZZ BZZZ BZZZ

¡JODER, ES ÉL!

KAY, ¿POR QUÉ COÑO VEO POLICÍA EN MI CASA POR LA CÁMARA DE MI PORTERO AUTOMÁTICO? ¿QUÉ LES HAS CONTADO!?

¡PENSABA QUE ESTABAS *MUERTO*!

FRANK NOS LO ADVIRTIÓ. NOS DIJO QUE NO HABLÁRAMOS CON NADIE.

¡ESO AHORA NO IMPORTA, JODER! ¡ALGUIEN ESTÁ INTENTANDO MATARNOS! ¿DÓNDE ESTÁS?

EN EL APARTAMENTO DE MI PAREJA, CON UNOS ANTIGUOS COMPIS DE LA UNI, QUE ESTÁN PONIÉNDOME AL DÍA. ES QUE ACABO DE RECIBIR TUS MENSAJES. AQUÍ NO HAY BUENA COBERTURA.

HOSTIAS... CREO QUE ALGUIEN ME ESTÁ SIGUIENDO. ¡KAY, JODER, ME ESTÁS PONIENDO PARANOICO!

"¡KAY, ESTOY SEGURO DE QUE A ESE TIPO YA LO HABÍA VISTO! ¡VEN, DATE PRISA!"

¡NO PUEDO CONFIAR EN VOSOTROS, CABRONAZOS! ¡SI LO LLEGO A SABER, NO OS AYUDO A *APROBAR* DISEÑO WEB!

¡PERO... ¿QUÉ COÑO...?!

HEMOS *PERDIDO* UNA PARTIDA PORQUE TE HAS QUEDADO *FRITO.*

PERO PODEMOS GANAR ESTA SI NO TE QUEDAS ROQUE OTRA VEZ.

ENTENDIDO.

COMO EN LOS VIEJOS TIEMPOS EN LA UNI, ¿EH?, SALTÁNDONOS TODAS LAS RESPONSABILIDADES DE LA VIDA PARA JUGAR A LO QUE FUERA.

¡LA MEJOR ÉPOCA DE MI VIDA, CHAVALES!

FUE ESPECIAL.

Hyndland.
Miércoles.

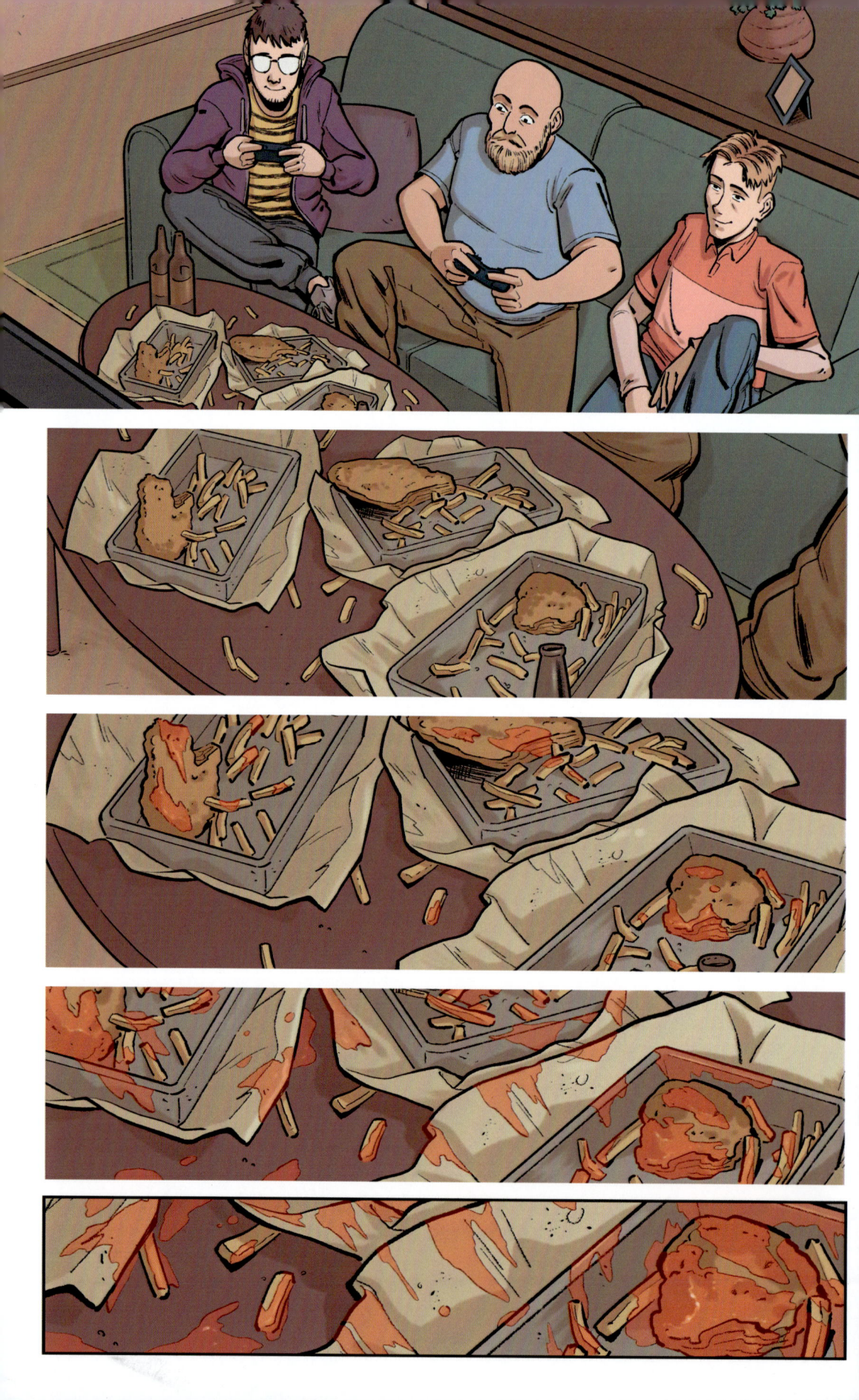

La cacería termina en el capítulo 3.